TRAITÉ SUR L'INTOLÉRANCE

DU MÊME AUTEUR

TYRANNIE, *roman*, Grasset, 2018.
ÉLOGE DE L'IRRÉVÉRENCE, *avec Georges Kiejman*, Grasset, 2019.
LE VOLEUR D'AMOUR, *roman*, Grasset, 2021.
LE DROIT D'EMMERDER DIEU, Grasset, 2021.

RICHARD MALKA

TRAITÉ SUR L'INTOLÉRANCE

BERNARD GRASSET
PARIS

Plaidoirie prononcée le 17 octobre 2022 au nom de *Charlie Hebdo* devant la cour d'assises spéciale de Paris, en appel du procès des attentats de janvier 2015.

Photo de la bande : JF Paga.

ISBN 978-2-246-83085-6

À quoi bon plaider une fois de plus…

À quoi bon me répéter à l'infini alors que depuis quinze ans j'ai dit tout ce que j'avais à dire, sous tous les angles possibles, sur la liberté d'expression, la nécessité du blasphème, l'histoire de *Charlie Hebdo* et des caricatures.

Je l'ai dit au procès des caricatures de Mahomet en 2007 puis en appel en 2008, puis lors d'innombrables procès de presse, puis il y a deux ans, longuement, en première instance ; j'ai défendu Mila et Baby Loup, j'ai écrit des articles, publié des livres, participé à des conférences, débats, interviews… Quel serait le sens d'y revenir ?

Vous connaissez déjà mes arguments et mes amis de *Charlie Hebdo* m'ont entendu les développer à de trop nombreuses reprises. Par ailleurs, je l'ai annoncé depuis l'origine, je ne suis pas là pour accabler les accusés. Alors, à quoi bon plaider à nouveau ?

J'ai déjà tout dit sur *Charlie Hebdo*. En revanche, l'essentiel, je ne l'ai pas encore dit.

C'est le nom de cette salle d'audience qui m'a mis sur la piste.

La salle Voltaire pour jugement final de l'attentat contre *Charlie Hebdo*.

Voltaire… Le pourfendeur des religions, l'esprit libre, révolutionnaire, celui dont on a brûlé le dictionnaire philosophique dans le bûcher du chevalier de La Barre, l'auteur du *Traité sur la tolérance* et de la pièce de théâtre *Le Fanatisme ou Mahomet le Prophète* que l'on n'ose plus jouer nulle part au monde ou presque. Celui qui n'hésitait pas à affirmer, en un temps ou cela entraînait la mort, l'enfermement ou l'exil, plus certainement qu'aujourd'hui, que le christianisme était la religion « la plus ridicule, la plus absurde et la plus sanguinaire qui ait jamais infecté le monde », ou encore « la superstition la plus infâme qui ait jamais abruti les hommes et désolé la terre ».

Ainsi osait-on parler des religions au XVIIIe siècle. Il est de ceux auxquels nous devons de vivre libres. Mais nous ne le savons plus, nous l'avons oublié.

Et c'est dans cette salle Voltaire que, trois siècles plus tard, la tragédie qu'a connue *Charlie Hebdo* va être jugée. Monsieur le Président, Mesdames et Messieurs de la Cour, Mesdames les avocates générales… C'est à croire à l'existence de son Grand Horloger.

La réalité, c'est que jusqu'à ce jour, malgré toutes mes interventions, je n'ai fait que plaider des conséquences de la terreur, et en effleurer la cause, parce que la cause fait peur et qu'elle est si délicate à évoquer.

Voilà pourquoi plaider. Pour nommer la cause, clairement, sans circonvolutions, comme celui dont cette salle porte le nom l'aurait sûrement fait. Je n'ai pas son génie mais au moins, il faut essayer d'en être digne.

Et pourquoi nommer la cause ? Parce que la pensée provient du langage. Si on ne nomme pas, alors on ne peut pas raisonner. Si l'on ne pose pas le diagnostic d'une maladie, on n'a aucune chance d'y trouver un remède. Et les massacres se poursuivront, inexorablement.

Alors quelle est cette cause qui a tué tous ceux dont on a parlé depuis six semaines, ainsi que 130 personnes le 13 novembre, 86 à Nice et des dizaines de millions d'autres depuis des siècles ? Elle a un nom : c'est l'accusé qui ne comparaîtra jamais alors que c'est celui qui transforme des humains ordinaires en auteurs de crimes plus monstrueux les uns que les autres jusqu'à abattre à bout portant un petit garçon de 3 ans avec une tétine dans la bouche, et une petite fille de 8 ans, en l'attrapant par les cheveux – je parle évidemment de Mohammed Merah – ou jusqu'à couper la tête d'un professeur en toute bonne conscience. Cet accusé tue indistinctement chrétiens, juifs, musulmans, athées et pourtant, il faudrait ne jamais prononcer son nom. C'est lui qui a conditionné les Kouachi à commettre leurs crimes, le 7 janvier 2015.

Dans cette salle, il faut bien finir par le désigner, par le regarder en face : il s'appelle Religion. C'est mon accusé.

Ce n'est pas moi qui m'invente un combat ; moi je n'y suis pour rien, ce n'est pas en dehors du dossier, c'est devant nos yeux, il suffit de ne pas tourner la tête, d'oser regarder la réalité en face. Ce sont les auteurs de ces crimes eux-mêmes qui le hurlent et le scandent.

Par peur, culpabilité ou calcul électoral, certains ne veulent pas les entendre ou leur cherchent systématiquement des excuses, s'empressant de proclamer que ces assassins ne savent pas ce qu'ils disent, qu'ils ont perdu la raison, qu'il s'agit de loups solitaires ou de barbares. Non, ils savent ce qu'ils font, ils le revendiquent, ils en sont fiers. Il suffit de ne pas être dans le déni :

— « On est venus venger le Prophète », ont annoncé les frères Kouachi.

— « Allahou akbar, le Prophète est vengé », ont-ils scandé.

— « Il faut lire le Coran », ont-ils ordonné à Sigolène Vinson.

— « On a vengé le prophète Mahomet », ont-ils répété à trois reprises après le massacre.

Comment cela pourrait-il être plus clair ? Que nous faut-il de plus pour comprendre ? Comment fait-on pour ne pas interroger la religion, pour prétendre que cela n'a rien à voir, sauf à faire comme si on n'avait pas entendu ?

Ces revendications m'obsèdent depuis maintenant presque huit ans. Tous les jours. C'est le mobile du crime et il est explicite : le respect du Coran et la vengeance du Prophète. L'action de ces terroristes est motivée par l'islam – ils le disent – et plus précisément, par une vision de l'islam.

Je parle d'une croyance, pas des croyants. Je parle d'une vision de l'islam, pas des musulmans. Une vision dogmatique, dont les principales victimes sont d'abord des musulmans, comme les Soviétiques étaient les premières victimes du stalinisme.

La seule intolérance qu'éprouve *Charlie Hebdo*, c'est à l'égard d'une idéologie totalitaire qui opprime les peuples. C'est ça le sens des caricatures.

Et s'il fallait arrêter de dénoncer l'islamisme, comme nous le demandent de beaux esprits du Collège de France, cela voudrait dire que, sous prétexte de tolérance, il faudrait abandonner les êtres humains à la terreur religieuse, en particulier les femmes iraniennes qui se font tuer chaque jour simplement pour obtenir le droit de se débarrasser de leur voile, les femmes afghanes, les homosexuels, les minorités, les poètes, les avocats, les journalistes mais aussi les simples adeptes de la raison et de la nuance.

Je sais bien ce que l'on est quasiment conditionné à objecter quand on ne nie pas : il s'agit d'une vision pervertie, marginale, fanatique de l'islam qui ne représente rien. Pas la peine de s'y attarder. On a tous envie d'y croire parce que ça nous rassurerait.

Le problème, c'est que c'est faux. C'est un faux diagnostic. Ces mots sonnent creux. Cette vision n'a rien d'anecdotique ou de marginal.

Bien sûr, il y en a d'autres, que partagent des centaines de millions de musulmans à travers le monde, qui aimeraient bien vivre tranquillement leur religion sans qu'on les renvoie toujours à la vision des Kouachi et surtout, sans les privations de liberté qu'elle induit.

Mais ce n'est pas une vision marginale. C'est la plus militante, la plus organisée, la plus conquérante, la plus communicante, la plus opulente aussi grâce à ses bailleurs de fonds saoudiens ou qataris.

Il faut en parler de cette vision et la dénoncer :

— parce que c'est le seul moyen d'enrayer le cycle des tragédies et des attentats,

— parce que notre silence ne fait qu'alimenter la matrice idéologique de la terreur,

— parce que nous devons être aux côtés de ceux qui se battent, en islam, pour une autre vision,

— parce qu'en réalité, on ne fera pas disparaître la peur de l'islam en en interdisant l'expression. On ne triomphe d'une peur qu'en en combattant la source, en l'occurrence la vision de l'islam des frères Kouachi. La peur, chez l'humain, ne peut produire que deux réactions : la violence ou la soumission. C'est une détestable alternative et si nous ne parlons pas, nous aurons l'une ou l'autre, voire les deux.

Il faut combattre cette vision car il en va de l'intérêt de tous et parce que, pour citer une dernière fois Voltaire, « il est honteux que les fanatiques aient du zèle et que les sages n'en aient pas ».

La réalité, c'est que la vision des Kouachi est présente depuis les origines de l'islam.

Mon accusé est né d'une controverse théologique qui a plus de mille ans et les attentats que vous avez à juger en sont la conséquence.

Là, je dois vous raconter une petite histoire. Celle d'une école de pensée qui a profondément marqué l'humanité et qui, pourtant, a été largement effacée de la mémoire des hommes. Celle d'un moment clé de l'histoire des religions.

Ces événements se déroulent sur deux ou trois siècles et commencent au VIIIe siècle. Nous sommes aux origines de l'islam dans ce qui est devenu l'Irak d'aujourd'hui et plus précisément dans deux villes : Bagdad et Bassora.

À cette époque, la première école de pensée théologique de l'islam se forme, celle des mutazilites. Il s'agit alors de l'islam – je n'ose pas dire officiel car il y a encore des débats sur ce point – mais en tout cas, quasi officiel.

Or, les mutazilites étaient pénétrés de l'idée selon laquelle, pour citer l'empereur byzantin Manuel II, « ne pas agir selon la raison contredit la nature même de Dieu ».

Les mutazilites, qui étaient très pieux, considéraient ainsi la raison comme le premier fondement de l'islam et ils accordaient une place cruciale au libre arbitre. Ce fut un mouvement d'idées majeur qui a profondément influencé le christianisme, et plus encore le judaïsme qui se trouvait à un moment charnière de son histoire puisqu'à cette époque, les rabbins se livraient à une réinterprétation de la Torah, leur principale académie d'étude étant basée à Babylone, puis précisémment à Bagdad.

Les mutazilites ont ainsi aidé à la maturation de deux autres monothéismes et ont largement participé au rayonnement culturel et intellectuel de l'islam, son âge d'or.

Les mutazilites allaient si loin que certains d'entre eux, prenant la suite des Grecs, ont théorisé jusqu'aux prémices de la laïcité. Ils considéraient même que le Coran devrait un jour être dépassé pour en respecter l'esprit ; qu'il devrait être prolongé, réinventé.

Mais toute action entraînant une réaction, un autre courant va grandir en islam, un courant rigoriste et radical correspondant à une vision opposée prétendant appliquer le Coran à la lettre. Il s'agit des hanbalites, du nom du fondateur de ce mouvement. Le wahhabisme saoudien et le salafisme sont les émanations les plus extrêmes de ce courant littéraliste.

La guerre entre ces deux visions va être totale. Les mutazilites et les hanbalites ne sont d'accord sur rien et cela découle en réalité d'une discorde essentielle qui porte sur la nature même du Coran. C'est la source de toutes leurs divergences.

Pour les littéralistes, le Coran est incréé, c'est-à-dire directement issu de Dieu. Les mots du Coran sont ceux d'Allah lui-même et ils sont donc insusceptibles de toute interprétation, de toute évolution et de la moindre critique. Le croyant ne doit qu'obéir, imiter et ni la raison, ni la justice, ni le bien ni le mal, ne peuvent être opposés au texte. Dans cette vision, toute réflexion est suspecte voire dangereuse et prohibée, comme en a témoigné Omar Youssef Souleimane nous racontant ses années d'études en Arabie Saoudite. Il faut se soumettre. Surtout ne pas penser.

Au contraire, pour les mutazilites, le Coran n'est pas incréé. Il ne peut l'être puisqu'il est passé par la médiation d'un homme, Mahomet, qui l'a nécessairement restitué, en oralité, selon le contexte et la culture de son temps, sa perception subjective et sa compréhension personnelle. En outre, le Coran a été écrit après la mort de Mahomet, sur au moins soixante-quinze ans, par d'innombrables rédacteurs. Dans cette conception, les croyants conservent donc un large champ d'interprétation et d'adaptation du texte. Rien n'est figé ou immuable.

Malheureusement, vous l'avez compris, ce ne sont pas les mutazilites qui ont gagné… Ils ont été accusés d'hérésie, de mécréance, interdits d'expression, éradiqués et leurs livres fondateurs ont été brûlés. Ce courant a été effacé de l'histoire par la vision de l'islam proclamant la toute-puissance de Dieu face à des hommes privés de liberté.

Les mutazilites ont perdu mais leurs idées ont continué à influencer certains penseurs au cours des âges et en particulier mon ami Abdelwahab Meddeb, immense intellectuel, théologien et poète franco-tunisien qui a témoigné au procès des caricatures et qui a tenté, tout au long de sa trop courte vie, de contester le caractère incréé du Coran.

Beaucoup d'autres le font aujourd'hui, comme Adonis, probablement le plus grand poète arabe vivant, ancien représentant de la Ligue arabe à l'Unesco, qui nous dit que si le Coran est incréé, alors « l'islam est né parfait et ne peut que combattre tout ce qui lui était antérieur et tout ce qui vient après. "Tout" désigne philosophie, art, pensée, créativité, etc. ». Ce qui entraîne un désir de « néantisation » des autres et de l'histoire elle-même, pour reprendre les analyses de Claude Lévi-Strauss et de Jacqueline Chabbi, historienne, professeur émérite des universités et islamologue de renommée mondiale. Elle est la référence dans ce domaine.

Ce récit peut vous paraître lointain mais c'est ce débat théologique, qui n'a jamais cessé au sein de l'islam, dont nous vivons les conséquences aujourd'hui. C'est dans ce débat que se sont inscrits :

— le meurtre de Theo van Gogh, coupable d'être l'auteur d'un film sur la condition de la femme en islam,

— puis les caricatures danoises qui protestaient contre la censure,

— puis celle de Mahomet débordé par les intégristes,

— puis les actions des frères Kouachi et de Coulibaly qui pensaient venger le Prophète.

Les attentats sont la conséquence de cette dialectique. Or, la vision des Kouachi n'est pas la plus populaire mais c'est celle qui gagne toujours. Après les mutazilites, elle s'en est prise :

— à l'islam mystique des soufis qui font l'éloge du vin, de l'amour et de la poésie et qui ne cessent d'être persécutés et considérés comme apostats par les courants wahhabites et salafistes,

— à l'islam des immenses philosophes qui ont marqué l'humanité et l'ont enrichie : Averroès, Avicenne, Ibn Arabi… Tous ont été et restent considérés comme hérétiques par l'islam de plus en plus dominant,

— à l'islam décontracté des Kabyles ou des Kurdes alévis qui ne sont pas considérés comme de bons et vrais musulmans et que l'on juge, en islam, avec suspicion et rejet,

— à l'islam des poètes et des musiciens. Aujourd'hui, il est « tendance », pour une ancienne chanteuse, de dire qu'elle n'écoute plus de musique et cela fait un immense succès commercial, cela fait modèle dans une partie de notre jeunesse et on accueille son discours avec le sourire.

Ce n'est pas anecdotique. Le rigorisme est à la mode, conquérant, décomplexé.

L'islam des Kouachi, mon accusé, n'a rien de marginal ; il veut, depuis mille ans, tout écraser, éliminer, supprimer, à commencer par les autres courants de l'islam avec, parfois, la complicité de certains de nos intellectuels, écrivains ou politiques.

J'avais évoqué, il y a deux ans, leurs réactions au moment de la publication des caricatures par *Charlie Hebdo*. Je n'aurai pas la cruauté de rappeler les propos de certains sur Salman Rushdie au moment de la publication des *Versets sataniques*.

Salman Rushdie qui, dénonçant en 2017 « l'aveuglement stupide des gens de gauche qui font tout pour dissocier le fondamentalisme de l'islam », s'alarmait de « l'évolution radicale de l'islam, dévoré par ce fanatisme qu'est le wahhabisme » et nous exhortait « à voir la réalité des origines du jihadisme qui n'est pas extérieur à l'islam ».

Adonis a consacré un livre entier à cette question, relevant que, sur 3 000 versets du Coran, 518 portent sur des châtiments ; les supplices divers et variés font l'objet de plus de 370 versets dont les versets 70 et 72 de la sourate 40 qui promettent à ceux qui désobéissent d'être « traînés avec des chaînes dans l'eau bouillante et précipités dans le feu ». C'est un exemple parmi d'autres. Mais comment faire si l'on se refuse la faculté d'interpréter le texte ? On fait bouillir de l'eau ?

Tant d'intellectuels arabes se battent pour qu'une autre vision triomphe. Mais ils sont traités de tous les noms puis on leur accole le qualificatif de « sulfureux » et ensuite on ne veut plus les entendre ; leurs voix disparaissent.

Et depuis mille quatre cents ans, la pierre angulaire de la vision de l'islam à laquelle les Kouachi ont adhéré, c'est le blasphème et c'est pour cette raison que nous sommes ici aujourd'hui. Et pas seulement pour *Charlie Hebdo* mais plus étrangement aussi pour l'Hyper Cacher, j'y reviendrai.

De cette question du blasphème, c'est-à-dire de la possibilité de la critique – ce qui heurte frontalement la thèse du Coran incréé –, dépend la vision de l'islam qui l'emportera. C'est la clé du futur.

Nous sommes, dans cette salle d'audience, malgré nous, des acteurs de ce débat millénaire.

Cette salle Voltaire se retrouve à l'épicentre de cette controverse théologique millénaire parce que la France est le porte-étendard mondial, en raison de son histoire, du droit à la critique des religions et parce que le journal *Charlie Hebdo* était et reste le gardien de cet étendard.

Alors, ne serait-ce que pour convaincre quelques personnes, on ne peut pas renoncer à parler, à analyser, à nommer, à critiquer, à caricaturer la monstruosité de la vision des Kouachi. Sinon, c'est foutu. Voilà pourquoi plaider.

*

La vision des Kouachi tue sur toute la surface de la terre, ce qui a pour effet d'entraîner des critiques de l'islam qui peuvent provoquer un sentiment d'injustice, exploité par les Frères musulmans qui ont parfaitement théorisé leur idéologie victimaire, ce qui peut mener à la radicalisation qui, à son tour, donne une mauvaise image. C'est un cercle vicieux dont la vitesse de rotation ne cesse d'augmenter et au centre de ce cercle, il y a le blasphème…

— Nous sommes au Nigeria, en mai dernier – je ne parlerai que de faits postérieurs à notre dernière audience pour ne pas me répéter – dans l'État de Sokoto où la charia est appliquée. Une jeune étudiante chrétienne, Deborah Samuel, écrit quelques mots sur un groupe WhatsApp.

Elle est alors accusée de blasphème contre le prophète Mahomet par ses camarades. La police intervient pour la protéger mais les étudiants attaquent les forces de l'ordre qui abandonnent la jeune femme à son triste sort. Elle est attrapée, lapidée, fouettée, arrosée d'essence et brûlée vive aux cris d'Allahou akbar, le tout partagé sur les réseaux sociaux.

Deux étudiants ont été arrêtés, ce qui a provoqué des émeutes. Le vice-président du Nigeria lui-même a été contraint de retirer ses tweets dénonçant ce crime tellement il recevait de menaces.

Savez-vous comment tout cela a commencé ? À un ami qui l'interrogeait pour savoir si elle avait réussi son examen, elle avait répondu « À la grâce de Jésus », ce qui a provoqué la colère des autres étudiants. Elle avait répliqué que le groupe en question n'était pas fait pour publier des messages à caractère religieux et cette réponse a été interprétée comme un blasphème.

Ici, en France, on ne brûle pas les blasphémateurs avec de l'essence mais numériquement. Cent mille menaces de mort pour Mila, 16 ans et demi au moment des faits. Ce n'est pas marginal, c'est l'aboutissement de l'idéologie du refus de l'offense aux religions devenue majoritaire chez les jeunes de toute confession. Plus on sacralise les croyances, moins on respecte les hommes et, pas à pas, on chemine vers l'obscurité.

— Nous sommes toujours au Nigeria, en avril dernier, Mubarak Bala, président d'une association humanitaire qui prône la primauté des droits humains sur les préceptes religieux, est condamné à 24 ans de prison pour blasphème. En l'occurrence, les juges ont considéré blasphématoire d'avoir dénoncé le salafisme et d'avoir osé se déclarer athée alors qu'il était né musulman.

— Nous sommes au Pakistan en août 2021, un enfant de 9 ans est placé en garde à vue pendant une semaine et inculpé de blasphème, crime puni de la peine de mort, pour avoir uriné sur le tapis d'une école coranique. Il ne sait même pas ce qu'est un blasphème. Il ne comprend rien de ce qu'on lui reproche, se désole sa famille.

Ce n'est pas un film d'horreur, ce n'est ni marginal ni anecdotique, c'est la réalité. Va-t-on trouver quelqu'un pour invoquer la blessure causée aux croyants en raison du tapis souillé et donc la légitime colère ressentie contre cet enfant ?

Parce que c'est ce qu'on a fait pour *Charlie Hebdo*, pour Salman Rushdie, pour Taslima Nasreen et même pour Samuel Paty. Une partie de notre élite s'acharne à rendre ces victimes de la terreur responsables de ce qui leur est arrivé.

— Nous sommes toujours au Pakistan, en février 2022, la foule en colère lapide à mort un malade mental accusé d'avoir brûlé des pages du Coran. Deux mois avant, un directeur d'usine sri-lankais, également accusé de blasphème, était battu à mort et brûlé vif par la foule. C'est cela un pays où l'on a l'obligation de respecter les religions.

À propos de la lapidation du malade mental, le représentant du Premier ministre pakistanais, Monsieur Ashrafi, dira, et c'est intéressant : « Tuer des gens en fonction de votre propre interprétation de la religion cela n'est pas la religion de mon prophète. » Il parle de religion. Au Pakistan. Et en France, on ne pourrait pas.

Monsieur Ashrafi renvoie ainsi au débat sur les différentes visions de l'islam à travers une question essentielle : qui punit ? qui venge le Prophète ?

Il y a dans le Coran des centaines de promesses de châtiments pour les mécréants et ceux qui ne suivent pas les préceptes d'Allah, mais ce sont des promesses de châtiments eschatologiques. C'est Dieu qui châtie, c'est au ciel que la sanction intervient. Dieu ne délègue pas aux hommes : « il est le maître de la vengeance », nous dit la sourate 3 verset 4, il en a le monopole.

Autrement dit, les Kouachi se sont arrogé une prérogative qui n'appartient qu'à Dieu lui-même. Ce sont donc eux les mécréants. Ils n'ont pas vengé le Prophète, ils ont trahi ses préceptes. Tant qu'à être salafiste, autant respecter les textes.

Pour être honnête et complet sur cette question, il y a trois exceptions à ce principe dans le Coran et il faut donc parler du jihad.

Ce qui nous amène au fameux verset de l'épée, invoqué par les jihadistes : « Tuez les infidèles partout où vous les trouverez, capturez-les, assiégez-les, dressez-leur des embuscades. » C'est la justification de tous les meurtres commis au nom du Prophète, dont ceux que vous avez à juger. Et beaucoup pensent, sans forcément y adhérer, que c'est effectivement une justification de la violence. Il faut leur dire, il faut qu'ils sachent :

— que personne n'est capable de dire si c'est bien le verbe *tuer* qui a été utilisé par Mahomet ou le verbe *combattre* qui a la même racine en arabe, et ça change tout,

— que personne n'est capable de dire si dans ce verset, on parle des infidèles ou des polythéistes comme dans la plupart des traductions,

— que personne ne sait quel est le bon ordre des versets du Coran, ce qui change également tout,

— que si l'arabe médiéval du Coran est toujours lisible par ceux qui pratiquent l'arabe littéraire, le sens d'un même mot, à mille quatre cents ans de distance, peut être radicalement différent et provoquer des contresens majeurs. On lit le mot mais on ne le comprend plus de la même façon,

— que le verset suivant, le verset 6 de la sourate 9, dit exactement le contraire et incite à la protection des infidèles, auxquels il faut « accorder l'asile » et qu'il faut « conduire en son lieu de sécurité, car ce sont des gens qui ne savent pas »,

— qu'il s'agit probablement d'un discours destiné à effrayer, pour rallier les tribus autour de Mahomet, mais en aucun cas d'un appel à une violence réelle. Mahomet vit dans un environnement désertique hostile. Les tribus qui peuplent la péninsule Arabique sont fragiles et chaque vie compte. La violence est régulée, non parce que ces peuples sont pacifiques mais parce qu'ils ne peuvent se permettre de se décimer. Le but des hommes, à cette époque, c'est de trouver de l'eau, de la nourriture, de commercer entre tribus, de nouer des alliances en montrant sa détermination mais pas de tuer l'adversaire. L'idée même de jihad ou de martyre tels que nous entendons aujourd'hui ces concepts était impensable. Ça n'existait pas,

— que par ailleurs, ce verset a été prononcé par un homme dont le seul horizon était la route entre La Mecque et Médine, voire la péninsule Arabique. Il ne pensait pas le jihad dans le monde entier mille quatre cents ans plus tard. C'est un non-sens d'extrapoler ce verset au monde entier. On manipule le passé au profit d'enjeux politiques présents,

— qu'enfin et surtout, il est impossible de conjuguer ce texte avec le verset 256 de la sourate 2 qui est crucial et selon lequel « il n'y a pas de contrainte en religion ». Ces deux versets sont radicalement inconciliables alors pourquoi retenir l'un plutôt que l'autre ?

Ce n'est que cent cinquante ans après la mort de Mahomet que des juristes, s'inquiétant des contradictions du Coran, ont inventé la théorie de l'« abrogation » des versets pacifiques par les versets guerriers. Pourquoi ? Tout simplement parce qu'on était passé d'une logique d'alliance entre tribus en Arabie à la construction d'un empire par les Abbassides à partir d'une grande capitale, Bagdad. Le contexte a totalement changé. Les califes avaient besoin d'un livre de conquête et les enseignements pacifiques de Mahomet ne les arrangeaient pas, alors ils les ont abrogés. Autrement dit, des hommes ont modifié le Coran tout en prétendant ne pas le faire. Or, à cette époque-là, on ne comprenait déjà plus rien de la société tribale de Mahomet.

Si je vous remettais le discours d'un homme politique prononcé il y a cent cinquante ans parlant à ses électeurs de la Creuse, vous comprendriez les mots mais pas la moitié de ce à quoi ce discours faisait référence, son sens véritable.

On ne peut pas interpréter le verset de l'épée comme le font les terroristes, sauf à dénaturer le texte et à en choisir une traduction et une interprétation guerrière. Mais c'est alors un choix humain et non divin.

Ces observations valent pour les deux autres versets, les versets 89 et 91 de la sourate 4, dits de la « rupture des alliances » et qui visent les mécréants : « Tuez-les partout où vous les trouverez. »

C'est une aberration de les interpréter comme une menace contre ceux qui ne rejoindraient pas l'islam, religion qui n'existe pas encore quand ces paroles sont prononcées. À cette époque, Mahomet n'exige aucune conversion, qu'il n'a d'ailleurs aucune chance d'obtenir. Son seul objectif consiste à assurer l'alliance politique des tribus autour de lui, ce qui résulte du verset qui relie les deux précédents : « Ceux qui sont liés à un groupe avec lequel a été conclue une alliance...

Dieu ne vous donne aucune excuse pour les combattre. »

Ces versets n'ont pas une validité *détemporalisable* et *délocalisable*, précise Jacqueline Chabbi. Ils correspondent à une histoire qui a eu lieu il y a mille quatre cents ans en Arabie et on leur fait dire ce qu'ils ne disent pas.

« Si on ne tient pas compte du contexte, on ne peut pas comprendre une littérature, aussi sacrée soit-elle », nous a précisé Delphine Horvilleur et elle a raison d'ajouter que « toute lecture est déjà une interprétation, qu'on le veuille ou non ».

Pour être complet, il faut aussi parler des hadiths, c'est-à-dire des paroles ou des actes attribués au Prophète et rapportés par des chaînes de transmetteurs sur plusieurs siècles. Les hadiths complètent le

Coran, ce texte étant beaucoup plus court que la Bible. Il fallait bien, par ailleurs, tenter d'en éclairer les contradictions. Certains de ces hadiths légitiment effectivement la violence et sont largement invoqués par les fanatiques.

Mais vous savez combien il y en a : 500 000 ou 600 000... personne ne connaît le nombre exact. Les chiites ne reconnaissent pas les mêmes que les sunnites et conservent le droit de les critiquer, vu leur manque de fiabilité. Les coranistes les rejettent en bloc comme étant faux et ne se fondent que sur le Coran.

Au cours des siècles, ils ont été compilés et classés par ordre de fiabilité, en particulier par l'université al-Azhar en Égypte. Des dizaines de milliers ont été déclarés faux ou moyennement faux ou authentiques par les autorités religieuses ellesmêmes mais aucune n'est d'accord avec l'autre. Chaque courant de l'islam a les siens et rejette ceux des autres.

Mohamed Abduh, Grand Mufti d'Égypte entre 1899 et 1905, personnage à la vie incroyable, ancien journaliste, juge, disciple en France, où il a vécu, de l'intellectuel Al Afghani – tous deux fondateurs du mouvement moderniste de l'islam –, ne reconnaissait aucune valeur aux hadiths. Pour ce grand mufti, comme pour les mutazilites, le seul guide de la vraie foi devait être la raison et il plaçait le libre arbitre au-dessus de tout. Il n'était pas moins musulman que les salafistes.

Des recherches historiques ont conclu à l'absence de fiabilité des chaînes de transmission, autant que du contenu rapporté, parfois totalement anachronique. Même les hadiths considérés comme les plus fiables se contredisent sur un même propos du Prophète ou sur un même épisode de sa vie. Il y en a d'affreusement guerriers et d'autres merveilleusement pacifiques.

Autant dire que chacun peut y trouver ce qu'il veut, que chaque apprenti prédicateur peut les instrumentaliser à souhait et que les Kouachi, les Coulibaly et autres jihadistes ne sont pas près d'approfondir grand-chose avec leurs chaînes YouTube pour source d'enseignement.

Il y eut tellement de hadiths au cours des premiers siècles de l'islam que cela inquiéta pour la cohérence du tout. Il a alors été décidé au xe siècle que les portes de l'ijtihad, c'est-à-dire de l'« effort de réflexion », devaient se refermer, et que les choses devaient se figer.

C'est à cette vision de la fin de la réflexion que s'opposaient les mutazilites. Pour eux, elle signifiait la fin de la pensée au profit de la pure imitation de textes peu fiables, incompréhensibles hors contexte ou contradictoires. La seule clé, la seule boussole possible pour s'en sortir, selon eux, résidait dans une interprétation évolutive des textes en fonction de l'avancée des mœurs et des connaissances mais ils se sont heurtés au dogme de l'incréé des littéralistes.

Une expérience a été menée par des ethnologues qui sont allés voir des bardes en Serbie, tous les cinq ans, en leur demandant de leur raconter une même épopée de leur clan. Les bardes ne comprenaient pas pourquoi on leur demandait de se répéter, ne se rendant même pas compte qu'à chaque fois, leur récit était différent du précédent. Il s'agissait des mêmes narrateurs à seulement cinq ans d'intervalle. Vous pouvez imaginer la fiabilité d'un récit répété sur trois siècles par une chaîne de multiples générations.

Et *Charlie Hebdo* ou d'autres n'auraient pas le droit d'émettre quelques réserves sur l'application parfois faite de ces hadiths ? Sauf à se faire enterrer sous des accusations d'islamophobie ?

Et cela au profit des littéralistes qui prônent la pure imitation infra-réflexive de ces récits ? C'est une idéologie orwellienne glorifiant l'aveuglement et faisant de l'esprit un crime. Les portes du savoir ne doivent jamais se fermer, ni en religion, ni à l'université.

Le salafisme, dont on nous dit que les prédicateurs doivent être protégés même quand ils sont antisémites et homophobes, le wahhabisme et ses milliards déversés, les Frères musulmans, le Tabligh, ont confisqué une religion pour en imposer une vision politique et pour y parvenir, ils émettent des fatwas contre de prétendus blasphémateurs.

Ce n'est pas moi qui l'affirme mais Hamadi Redissi, érudit islamologue tunisien, professeur de sciences politiques à l'université de Tunis et probablement le plus grand expert des textes coraniques sur le blasphème, qui déplore que « l'islam sectaire wahhabite soit devenu l'islam, ce qui est d'abord une tragédie pour les musulmans ».

Le questionnement de l'islam, ce n'est pas de l'*islamophobie*, c'est une condition de sa survie et de la nôtre.

C'est le seul moyen pour que l'islam de la spiritualité et de la liberté, l'islam du courageux policier Ahmed Merabet, triomphe de celui des Kouachi qui instrumentalise, terrifie et fanatise.

— Nous sommes en Algérie en février dernier, trois Kabyles convertis au christianisme sont condamnés à plusieurs années de prison pour blasphème. Toutes les ONG, et en particulier Amnesty International, dénoncent les persécutions vécues par les nombreux musulmans qui se convertissent au christianisme. Et l'arme de répression, l'instrument d'interdiction de la liberté de culte, c'est le blasphème.

— Nous sommes aux Maldives, en mai dernier, Mohamed Mujuthaba est emprisonné pour avoir défendu la liberté de religion, après avoir subi de nombreux examens psychiatriques.

Je pourrais continuer longtemps, la liste est sans fin…

— Beaucoup plus proche de nous : nous sommes en Angleterre, en juin dernier. Un film scénarisé par un Koweïtien chiite, produit par des musulmans, retrace de manière historique et totalement respectueuse la vie d'Aïcha, fille de Mahomet.

Accusation de blasphème, d'islamophobie, cette arme de censure massive, inventée, selon Salman Rushdie, pour permettre aux aveugles de le rester et j'ajouterai, pour interdire toute critique de la religion au prétexte d'un hypocrite respect dont le vrai nom est peur. Manifestations haineuses devant les salles de cinéma, menaces de mort… en 24 heures, les exploitants de salles capitulent et retirent le film. On voit jusqu'où va le blasphème. Il interdit tout, jusqu'à l'approche historique.

Et là, je cède la parole à Jacqueline Chabbi et à son ouvrage *Dieu de la Bible, Dieu du Coran*. S'il n'y avait qu'un livre à lire ce serait celui-ci. Ce qu'elle nous dit est fondamental :

« En ce qui concerne l'historicisation des débuts de l'islam, la situation est pire que jamais, et cela non seulement en France mais au plan international (…) une lecture sacralisante règne de manière quasi exclusive dans le monde musulman. Cette absence d'approche historique du passé, et notamment du corpus religieux, est pour les musulmans une véritable catastrophe. Elle empêche de penser le religieux de manière distanciée et rationnelle. »

Le recteur de la Grande Mosquée de Paris, lui-même, ne dit pas autre chose dans une lettre ouverte adressée à Salman Rushdie : « Le jour où nous comprendrons que la critique de l'islam n'affaiblit en rien notre foi, commencera alors une nouvelle étape vers un possible progrès. »

Mais Jacqueline Chabbi poursuit et fait le lien entre cette situation et le blasphème :

« Le Coran et la figure de Mahomet paraissent être devenus des valeurs refuges, au pire sens du terme. Alors toucher historiquement au Coran, c'est blasphémer. Dans les pays musulmans (...) celui qui remet en cause la "doxa" islamique officielle est un *kâfir*, un "mécréant", et on lance des *fatwas* contre lui ! (...) Dans le monde musulman, les gens n'osent pas parler (...) À Genève, une de mes collègues enseignant les origines de l'islam doit faire cours avec une protection policière. »

Et donc, conclut-elle, on ne peut pas exercer « sa raison éclairée par le savoir constitué ».

Quelques lords anglais se sont insurgés mais il n'y a eu quasiment aucune réaction du monde de la culture et du monde intellectuel à la censure de ce film. Le même monde qui en 1988 s'était à juste titre révolté contre les menaces dont avait fait l'objet le film de Martin Scorsese, *La Dernière Tentation du Christ*. Tétanie. Silence. La situation devient folle.

Pour faire bonne mesure, je précise qu'il a fallu des siècles au christianisme pour accepter cette approche historique parce que sinon, on en serait encore au pape Urbain II qui exhortait aux croisades et on continuerait à brûler au bûcher les blasphémateurs après les avoir torturés.

Quant au judaïsme, il n'a heureusement plus grand-chose à voir avec celui des origines parce que la Torah est un texte bien plus guerrier encore que le Coran et souvent beaucoup plus clair et expéditif sur les châtiments, ce qui est normal puisqu'elle a été écrite mille ans plus tôt.

Pour continuer à me faire des amis, je rappellerai qu'au chapitre 16 du livre d'Ezéchiel, dans la Torah, la punition d'une femme infidèle... c'est la mort ou le viol collectif et que selon le Deutéronome, un enfant qui parle mal à ses parents doit être lapidé. Si quelqu'un écrivait cela aujourd'hui, on le prendrait pour un psychopathe.

Ce ne sont pas des textes de paix et d'amour. Il faut n'en avoir jamais lu une ligne pour le prétendre. Ni la Torah, ni le Coran.

S'agissant de l'homosexualité, la punition en est la mort dans le Lévitique et dans le livre de Josué, successeur de Moïse, on exhorte les juifs à massacrer des villes entières. Quant au blasphème, il est puni par la lapidation de manière bien plus explicite dans la Torah que dans le Coran.

Mais cela, je peux le dire sans difficulté car je parle du judaïsme ou du christianisme, je ne risque rien. En revanche, dire cela de l'islam, c'est risquer sa liberté voire sa vie et ça, c'est un immense problème.

Heureusement, ces textes ont été interprétés mille fois, en particulier dans le Talmud qui est une réécriture de la Torah.

L'interprétation, la critique et même l'humour grinçant de *Charlie Hebdo*, sont une nécessité vitale pour les religions elles-mêmes et surtout pour les hommes.

Pour éviter d'autres Kouachi, d'autres Coulibaly, d'autres femmes incendiées, nous avons besoin de connaissances, d'études, de thèses, de débats et il n'y en a quasiment plus en France, à l'université, aujourd'hui. On ne le permet plus, sous différents prétextes, s'en désole l'islamologue Bernard Rougier. La peur et le silence ont triomphé.

À *Charlie Hebdo*, on ne s'y résigne pas. La religion est un sujet trop sérieux pour en laisser l'étude aux seuls religieux.

— Nous sommes en France. Après le 7 janvier 2015, il y a eu tant d'attentats, et un dernier mort qui aurait blasphémé. Vous l'avez jugé ici même, vous l'avez condamné, il est mort étranglé puis étouffé sous un sac, en prison, pendant de longues minutes, pour avoir, je cite son agresseur, « mal parlé du Prophète ». Il s'agit d'Yvan Colonna dont on est passé bien vite et avec une remarquable pudeur sur les raisons de son assassinat. On attend encore le rapport d'enquête qui a été promis.

Pour ceux qui « parlent mal du Prophète », qu'ils soient en prison ou dans une rédaction, à Paris, à New York ou au Pakistan, c'est la peine de mort. Comment en est-on arrivé là ? Comment en est-on arrivé à ressentir une crispation du seul fait de prononcer le mot « islam » ?

On en est arrivé là parce que l'arme du blasphème, nous explique Gilles Kepel, a fait l'objet d'une surenchère de radicalité entre Daech et Al-Qaïda, entre l'Iran et l'Arabie Saoudite, entre le sunnisme et le chiisme, qui, je le cite, « se disputent la mobilisation de leurs coreligionnaires dans un jihad universel contre l'Occident judéo-chrétien ».

C'est une recette aussi vieille que l'humanité que de mobiliser la colère de son peuple contre un ennemi extérieur pour pouvoir le maintenir en servitude.

Et le tout est facilité par l'absence de clergé, dans le sunnisme. La nature ayant horreur du vide et faute d'autorité légitime, le politique a pris le contrôle de la religion. C'est ce que Khaled Abou El Fadl, professeur de droit à Harvard, appelle, dans une formule qui résume tout, la « théologie du pouvoir ».

Et c'est ainsi que l'on peut devenir expert en salafisme en 24 heures après avoir consulté Twitter, YouTube et appris trois mots d'arabe, comme Coulibaly. Tous les arabisants présents dans cette salle ont pu constater qu'il ne comprenait même pas la profession de foi qu'il prononçait. Il parle arabe comme je parle suédois.

Ce n'est ni anecdotique, ni marginal, mon accusé sévit et sévira encore tant que l'islam du Coran incréé, du refus des interprétations, des tracts et des réseaux sociaux, de la toute-puissance d'un Dieu qui écrase les hommes, se fera davantage entendre que l'islam du savoir et du doute.

Comme l'a remarqué le prix Nobel de littérature Orhan Pamuk, vivant lui aussi sous protection policière, il n'y a eu aucune voix officielle dans le monde musulman pour condamner l'attentat contre Salman Rushdie, quand on ne s'en est pas félicité.

L'islam des Kouachi est en expansion dans le monde entier, il dévore les esprits depuis près de cinquante ans. Il faut lire *Les Territoires conquis de l'islamisme* de Bernard Rougier, les livres de Gilles Kepel et tant de témoignages sur l'islamisation des cités, dont certaines détiennent le record d'Europe de jeunes ayant rejoint l'État islamique.

Il faut entendre les centaines d'incidents signalés dans nos écoles en 2015 lors de la minute de silence pour *Charlie Hebdo* puis pour l'hommage à Samuel Paty, l'héroïsation des tueurs dans certaines cités, les milliers de menaces sur le thème « on va finir le travail », l'offensive actuelle de la religion à l'école, les sujets de plus en plus nombreux que les enseignants ne peuvent plus aborder sans avoir la peur au ventre. Et quand des journalistes réalisent des reportages comme à Douai, ils finissent eux aussi sous protection policière pour avoir simplement fait leur métier.

Il faut écouter Omar Youssef Souleimane, l'écrivain, qui évoque « des quartiers entiers récupérés par l'islamisme », nous relatant qu'arrivé en France, il a constaté une islamisation « que même en Syrie on ne trouvait pas sauf dans quelques villages fanatisés », en particulier avec le voilement de fillettes de 9 ans.

Ces pratiques n'existaient pas dans les générations précédentes. Aujourd'hui, elles explosent et, peu à peu, l'idée que le *vrai islam* serait celui des salafistes ou des Frères musulmans s'impose. Ne pas oser le dénoncer, ce n'est pas être tolérant, c'est abandonner les hommes à leur malheur.

L'arme fatale de ce mouvement, depuis des siècles, c'est l'accusation de blasphème.

La liberté d'expression est la clé de tout, du passé et de l'avenir de l'islam, du débat sur la nature du Coran, du pouvoir au sein de l'islam, et par un incroyable chemin du destin, cette question s'est cristallisée autour de Salman Rushdie d'abord, de *Charlie Hebdo* ensuite.

Mais le plus fou dans cette histoire, c'est que la répression du blasphème, au nom duquel tant de meurtres sont perpétrés, est, en grande partie, une invention des hommes. Les islamistes trahissent le Coran. Les Kouachi n'ont pas vengé le Prophète.

Que dit précisément le Coran du blasphème ? Ma talentueuse consœur Marie Dosé m'avait objecté, il y a deux ans, que ce mot ne figurait pas dans le Coran et elle avait raison. Sur les 114 sourates, nulle trace de ce mot. Toutefois, si le mot n'y est pas, la chose y figure et ce qui en est dit peut surprendre.

Sourate 4 verset 140 : « Lorsque vous entendez qu'on renie les versets d'Allah et qu'on s'en raille, ne vous asseyez point avec ceux-là jusqu'à ce qu'ils entreprennent une autre conversation. Sinon, vous serez comme eux. Allah rassemblera, certes, les hypocrites et les mécréants, tous en enfer. »

Selon le Coran, la seule sanction de la raillerie, c'est de se lever et de revenir quand c'est fini. Pour le reste, Allah s'en occupera. Mais la seule chose que doit faire un homme, c'est ne pas écouter. C'est tout, rien de plus. On n'égorge personne.

En revanche, si on passe de la moquerie au mépris de la religion, c'est l'exclusion de la communauté, voire la mort mais dans tous les cas, Dieu reste le seul maître des châtiments et du pardon.

Admettons même que les hommes puissent s'arroger le pouvoir de châtier. Reste à arbitrer, pour tous les apprentis Kouachi, entre la moquerie et le mépris.

Qu'est-ce qu'une caricature, si ce n'est de la moquerie ? Pourquoi ne pas simplement avoir détourné le regard, comme le suggère le Coran ? Qui décide ce qui est moquerie et ce qui est mépris ? Il y a un choix qui est fait et c'est un choix humain, le choix de tuer. Il y a place pour le libre arbitre, pour l'interprétation.

Des courants de l'islam font systématiquement le choix du pire en travestissant les paroles du Prophète outre que, là encore, on ne peut pas s'abstraire du biais anthropologique.

Nous sommes à La Mecque au VIIe siècle. Mahomet subit des moqueries violentes et des insultes toute sa vie. Il faut se replacer dans le contexte : il prétend être un nouveau prophète. Il y a autour de lui une, deux puis dix personnes. À La Mecque, on se moque de lui et on le rejette. Le Coran lui-même en atteste : on l'a traité de charlatan, de sorcier, d'imposteur, de châtré parce qu'il n'avait pas de fils adulte à ses côtés et les sociétés tribales étaient, dans l'insulte, d'une assez grande imagination, le plus souvent à caractère sexuel.

Autrement dit, à l'échelle de cette société de l'oralité, les caricatures de *Charlie Hebdo* seraient des piqûres de moustique, d'anodines moqueries. Riss avec ses dessins serait un enfant de chœur. Dans la société d'origine du Prophète, il était impensable de réagir physiquement à une moquerie, sinon tout le monde serait mort.

Mais allons plus loin. À cette époque, il y a de nouveaux prophètes toutes les semaines. Ils se font traiter de tous les noms et très vite, des rires se déclenchent sur leur passage. Le mépris les a tués. Le mépris pour Mahomet représentait un danger existentiel à une époque où ses fidèles se limitaient à quelques dizaines. On peut comprendre que la réponse à un danger existentiel soit la promesse de l'enfer dans l'au-delà. Il y a une sorte de proportionnalité. De loi du talion symbolique.

Mais aujourd'hui, il y a 1 milliard 800 millions de musulmans. Les caricatures de *Charlie Hebdo* ne vont pas les faire disparaître. Il n'y a plus aucune proportionnalité. On ne tue pas parce qu'on a été blessé. Nulle part le Coran ne dit cela ; au contraire, le principe de proportionnalité de la sanction traverse ce texte.

Les salafistes se réfèrent à un monde et à un texte qui n'existent que dans leurs fantasmes et, du coup, la liberté d'expression, de création est leur hantise, pour citer le sociologue et chercheur Smaïn Laacher, car elle pourrait aboutir à un « renversement de leur monde ». La liberté de parole est devenue leur cible car c'est l'arme la plus redoutable contre leur fanatisme.

Alors, ils confisquent la pensée et le Coran lui-même, pour ne pas être confrontés à leur idolâtrie. Et ce totalitarisme qui décrète « haram », interdits, tous les comportements humains les plus innocents, les libertés, le rire, la musique, sans parler de la sexualité, les mène à ne cesser de s'excommunier, de s'épurer les uns les autres à coups de procès en hérésie.

Ben Laden lui-même, à la fin des années 1980, fut considéré comme mécréant par un groupe plus radical.

Aux yeux des littéralistes, tout musulman est coupable de ne pas l'être assez. Toute pensée est hérétique en elle-même, en tant que pensée. Cette idéologie est une machine à broyer les peuples et d'abord les musulmans eux-mêmes, et c'est la lecture qui progresse partout dans le monde. Et, à *Charlie Hebdo*, on ne pourrait pas la caricaturer sauf à être tué ? On serait privé du droit d'en rire, sauf à être accusé d'islamophobie ?

Alors évidemment, peu importe que *Charlie Hebdo* n'ait consacré que 7 unes en dix ans à l'islam contre 21 au christianisme. 7 unes sur 523 et on ose parler d'obsession. Peu importe que la fameuse une de Cabu « Mahomet débordé par les intégristes » place en réalité Mahomet du côté du bien puisqu'il est éploré de ce débordement. Les islamistes ne veulent pas comprendre.

Ils ne cherchent qu'à exprimer leur haine de la vie et leur passion du néant.

Ce n'est qu'au XIIe siècle qu'une première codification du blasphème va être réalisée en Andalousie et que le droit va prévoir la mort des blasphémateurs. Cinq siècles après Mahomet. Vous noterez que ce raidissement précède de peu ce qu'on estime être la fin de l'âge d'or intellectuel et artistique de l'islam, au XIIIe siècle. Une culture ne peut rayonner sans liberté d'expression, c'est impossible.

Et, tenez-vous bien, depuis le XIIe siècle, rien n'a changé dans cette jurisprudence. Comme si l'humanité n'avait pas évolué.

Le plus incroyable, c'est que cette jurisprudence est censée s'appliquer au monde entier : aux musulmans quels que soient leur pratique de l'islam et leur degré de croyance, mais aussi aux non-musulmans.

C'est comme si l'on exigeait que les lois françaises soient observées sur toute la surface du globe, Pakistan et Iran compris, au nom du nécessaire respect de la République et qu'à défaut, nous hurlions à l'offense, mandatant des agents secrets pour exécuter la peine de mort sans procès. Mais au nom de quoi ?

Encore plus incroyable, figurez-vous qu'une partie de la jeunesse, de même que les grands intellectuels progressistes du Pakistan et d'Iran, décideraient de militer et de pétitionner bruyamment pour que leurs concitoyens changent leurs comportements et ne fassent plus rien qui soit susceptible de heurter les lois françaises, auxquelles il faudrait s'accommoder sous peine de créer de la républicophobie, parce que les croyances d'autrui, ça se respecte.

Vous trouvez mon hypothèse délirante ? Et pourtant, c'est exactement ce que nous vivons ici.

Dans 22 pays dont l'islam est la religion d'État, l'athéisme est considéré comme un crime et il est puni de mort dans 12 d'entre eux. Dans ces pays, les musulmans sont donc privés du droit de décider de ne plus l'être. On leur retire leur liberté de conscience. Je n'ai jamais entendu personne au monde parler d'athéophobie ni lu un article sur ce sujet.

C'est étrange mais c'est ainsi… les lois qui discriminent les athées, les homosexuels, les minorités, les femmes, sont là-bas et les manifestations contre l'islamophobie sont ici. Organisées par ceux qui partagent la tolérante vision du monde de ces 22 pays. Dans nos démocraties, certes imparfaites, mais qui disposent de lois réprimant toute discrimination.

Il n'existe aucun fondement coranique à la mise à mort pour des caricatures et je défie quiconque de prouver le contraire. Aucune parole du Prophète dans le Coran ne justifie les crimes commis.

Sauf, sauf… une histoire très célèbre en islam, qui concerne les juifs.

Voilà huit ans que je m'interroge sur la raison du massacre de l'Hyper Cacher. *Charlie Hebdo*, on comprend… Mais que viennent faire les juifs dans cette histoire ? Quel peut être le lien entre *Charlie Hebdo* et l'Hyper Cacher… On a beau chercher, on ne trouve pas. En fait, c'est la même histoire, à mille quatre cents ans d'intervalle.

Cette histoire que les prédicateurs d'Internet chérissent tant est la suivante : retournons au VIIe siècle, cette fois à Médine.

À cette époque, les poètes remplissaient le rôle de journal satirique et leurs vers pouvaient être cinglants. Or, Mahomet était profondément irrité par un important poète juif de Médine du nom de Ka'b ibn al Ashraf, qui n'arrêtait pas de se moquer de lui et de composer des satires à son sujet, selon l'historien du Xe siècle Tabari. Ce poète était, de surcroît, un des chefs d'une puissante tribu médinoise. Alors, Mahomet, furieux, demande à ses hommes de le tuer, ce qu'ils font par ruse et de manière atroce.

Et de cela on tire une double justification du meurtre des juifs et des blasphémateurs alors que ce meurtre n'a strictement rien à voir avec la religion et ne reflète qu'un rapport de force politique à un moment donné.

En réalité, le rapport de Mahomet au judaïsme est extrêmement complexe. Alors qu'il se trouve à La Mecque, dans la période primitive de son épopée, il ne cesse de prendre les juifs en exemple. Il évolue dans une société polythéiste hostile au monothéisme et il considère les juifs comme ses alliés naturels dont il s'inspire d'ailleurs : la circoncision, le hallal pour le casher, le jeûne du ramadan pour celui de Kippour, le jour chômé… et il s'inspirera aussi de l'autre monothéisme présent sur la péninsule, le christianisme. Mais surtout, les juifs constituent de puissantes tribus de Médine et il veut en faire ses alliés.

Alors Mahomet demande à être reçu par eux, dans sa logique d'alliance et pas de conversion, car il n'y en avait pas à l'époque. Mais les juifs de Médine ne le considèrent pas du tout comme un prophète. Pour eux, c'est un imposteur parmi d'autres, dont ils se moquent. Mahomet en conçoit un fort dépit et c'est dans cette seconde période que le ton change dans le Coran. Les juifs deviennent une menace en raison de leur rejet d'alliance et de leurs moqueries. Ils deviennent des obstacles à sa prise de pouvoir politique.

C'est ainsi que le Coran comprend des versets très protecteurs à l'égard des juifs puis des versets hostiles parce qu'ils correspondent à différentes étapes de la prise de pouvoir de Mahomet. Là encore, tout est histoire, anthropologie, choix des versets et interprétation.

Mais les littéralistes font le choix de ne retenir que les seconds passages et c'est ainsi que les Kouachi et Coulibaly n'ont retenu que la haine des juifs.

Le lien entre ces deux attentats est vertigineux : les dessinateurs de *Charlie Hebdo* ont été exécutés pour leurs moqueries d'aujourd'hui et les malheureux clients de l'Hyper Cacher l'ont été pour des moqueries prononcées il y a mille quatre cents ans dans le désert d'Arabie.

Et le plus indigne, le plus triste aussi, c'est qu'un des rares textes dont on sait avec certitude qu'il traduit la pensée de Mahomet est un texte de protection des juifs.

Le Coran a été écrit après Mahomet par d'autres que lui. Les hadiths ont été écrits après Mahomet par d'autres que lui mais il existe un texte dont on est certain qu'il a été écrit du temps de Mahomet, sous sa dictée, c'est la fameuse constitution de Médine, qui est davantage une charte. Or, que dit ce texte ?

« — Les juifs peuvent continuer de professer leur religion et la liberté de pratiquer leur religion est garantie.

— Aucun croyant monothéiste ne doit en tuer un autre.

— La protection de Dieu est sur tous les croyants monothéistes.

— Les juifs et les musulmans de Médine constituent une umma entre eux. » (Sur ce dernier point, le plus révolutionnaire, des difficultés de compréhension existent néanmoins.)

Face à ce texte, les salafistes osent récuser les paroles de Mahomet. Ils prétendent que cet enseignement ne vaut rien, qu'il a été aboli. Ils s'autorisent à juger de ce qui a de la valeur et de ce qui n'en aurait pas dans les paroles du Prophète. Ils font le tri qui les arrange et ils trahissent un enseignement dont on est certain qu'il émane du Prophète et a été validé par lui. Cela rappelle l'escroquerie des imams danois.

Bien sûr, je ne doute pas que Coulibaly avait d'autres raisons de vouloir tuer des juifs mais tous ces fanatiques s'inventent des raisons coraniques à leur antisémitisme comme le christianisme l'a fait avec le jugement de Jésus par le sanhédrin, ce qui là encore relève d'une falsification historique mais c'est un autre récit.

Tout cela n'est que pure démence nourrie par l'ignorance, là où l'autre vision de l'islam prônait la raison nourrie par la connaissance.

*

J'arrive au terme de ce que j'ai à vous dire et j'espère que cela sera compris comme un message d'altérité.

En 1936, Thomas Mann, prophétique, avertissait l'Europe des dangers qui la guettaient. Il avançait que « dans tout humanisme il y a un élément de faiblesse qui vient de sa répugnance pour tout fanatisme, de sa tolérance et de son penchant pour un scepticisme indulgent, en un mot de sa bonté naturelle. Et cela peut, en certaines circonstances, poursuivait-il, lui devenir fatal. Ce dont nous aurions besoin, concluait-il, serait d'un humanisme militant, convaincu que le principe de la liberté, de la tolérance et du libre examen n'a pas le droit de se laisser exploiter par le fanatisme sans vergogne de ses ennemis. Sinon, il ne nous restera plus qu'à chercher un refuge hors du temps et de l'espace ».

C'est la dernière fois que je plaiderai ce dossier. Je suis au bout de ce chemin.

Aux universitaires de travailler pour notre futur commun ;

Aux intellectuels de faire preuve d'un peu de courage, de défendre le vertige de la liberté plutôt que le respect des dogmes ;

Aux artistes et aux créateurs de retrouver la liberté de Molière et de Voltaire, sinon à quoi bon créer. Qui ose encore ? À eux de ne pas abandonner l'audace de la critique des religions dans les tombes de ceux qui ont forgé la liberté dont ils bénéficient ;

Aux exploitants de salles de cinéma et aux diffuseurs de tenir bon ;

Aux journalistes d'oser nommer les choses. C'est leur mission, leur responsabilité, leur devoir de rouage essentiel de notre grande horlogerie démocratique ;

Aux juges administratifs d'être parfois moins naïfs ;

Aux autorités politiques du monde musulman de cesser d'instrumentaliser et de politiser une religion ;

À nos politiques d'être des humanistes militants, intraitables sur nos libertés et notre universalisme ;

Aux théologiens de proposer une nouvelle vision ;

Et à tous, que l'on en finisse avec l'obligation de respecter les religions.

À l'islam de redevenir une spiritualité, une liberté, une poésie, celle du transgressif Abou Nouwas au VIIIe siècle, ou celle du raffiné poète palestinien Mahmoud Darwich, une philosophie brillante, ouverte et tolérante et non un enfermement, un sectarisme, une foule hurlante jetant de l'essence sur des jeunes femmes. Et pour y parvenir, nous n'avons pas besoin d'un faux respect assis sur la terreur.

Je ne dis rien d'autre – et en fait, je dis bien moins – que ces deux cents personnalités du monde arabe ; philosophes, sociologues, féministes, avocats, universitaires, président de Ligue des droits de l'homme… pas la nôtre hein, celle de Tunisie… qui ont signé une tribune dans *Le Monde* en réaction à l'attentat contre Salman Rushdie afin de dénoncer « ces furieux qui sèment l'effroi et le déshonneur, en faisant taire par l'épée et le crime toute voix discordante, toute pensée libre, toute création culturelle, tout souffle novateur, toute différence et toute diversité ».

Moi je n'ai aucun titre, je n'exerce aucune fonction et j'ai conscience de la singularité de mon propos devant une cour d'assises mais je devais, dans cette salle Voltaire, tenter de dénoncer les sortilèges de la pureté religieuse.

Je le devais à mes camarades de combat, depuis tant d'années, spécialement ceux de culture musulmane qui se battent pour notre liberté, sans être protégés par personne, dans un isolement extrême alors que certains, dans ce pays, sont prêts à y renoncer par posture ou pour une éphémère tranquillité.

Je le devais à tous ces morts, que j'aimais, dont vous avez entendu les familles brisées, visionné les images heureuses et qui ont été abattus au nom d'un prophète.

Je le devais aux survivants qui sont venus témoigner avec des balles dans le corps, des souffrances de chaque jour et une solitude intérieure que plus rien ne pourra atténuer, jamais, nulle part.

Je me le devais probablement aussi.

Il y a un islam des lumières et un islam des ténèbres dont le principal ennemi est l'islam des lumières. Il y a un islam des philosophes et un islam des prédicateurs, un islam de la réflexion et un islam de l'imitation, un islam des mutazilites et un islam des salafistes, un islam de la pensée et un islam des Kouachi.

On ne trouvera pas un refuge en dehors de l'espace et du temps, alors exprimons-nous.

POUR ALLER PLUS LOIN

8 février 2007, nous plaidons avec Georges Kiejman, pour *Charlie Hebdo*, poursuivi pour avoir publié les fameuses caricatures de Mahomet devant la 17e chambre correctionnelle du tribunal de grande instance de Paris, spécialisée dans les affaires de presse. C'est irrévérencieux, libre et drôle. L'époque est encore à la légèreté et à l'insouciance. Quelques-uns d'entre nous, dont je ne suis pas, sont plus clairvoyants et redoutent que la violence succède aux procès.

4 décembre 2020, treize ans plus tard, je plaide pour *Charlie Hebdo* devant la cour d'assises spéciale de Paris après la

tragédie du 7 janvier 2015. 12 morts, 4 blessés graves. Trois attentats ont lieu pendant ce procès : une agression au hachoir devant les anciens locaux de *Charlie Hebdo*, la décapitation de Samuel Paty ainsi qu'une attaque meurtrière au couteau, à la basilique de Nice. Il faut que j'explique pourquoi le droit au blasphème est si important, rappeler que la France en est le berceau, parler de *Charlie*, de son histoire, défendre la liberté d'expression, combattre la tentation d'y renoncer, tenter de retracer les étapes de la barbarie. Il faut exhumer la supercherie des imams danois et de leurs fausses caricatures destinées à provoquer artificiellement une colère mondiale. Souligner aussi les démissions, les trahisons et les renoncements.

17 octobre 2022, je plaide en appel de ce procès. Il n'est pas question de me répéter. Je dois aller plus loin, creuser davantage, explorer ce qui ne l'a pas été.

Tant qu'à souffrir d'un second procès, il doit avoir du sens. C'est au nom du sacré que le massacre a été commis. La religion sera mon sujet.

Il y a quinze ans, Georges Kiejman avait déjà eu l'intention de parler d'islam. À l'époque je ne l'avais pas compris. Il ne m'en voudra pas de dire qu'en l'écoutant tester son propos auprès de moi, je le pensais hors des clous, mais par déférence envers mon mentor, je ne lui en disais rien.

Par manque de temps de plaidoirie ou parce que cela ne correspondait pas à l'orientation des débats, il n'a pas concrétisé son intention. Il m'a fallu quinze ans et tant de morts pour comprendre qu'il avait raison.

Reste à savoir quoi dire. La somme des connaissances à acquérir avant de pouvoir se forger son opinion puis proposer une analyse, un sens de lecture des événements, semble inatteignable. Merci à ceux qui durant de longs mois ont orienté mes lectures et m'ont nourri de leurs expertises et savoirs.

C'est donc une trilogie, celle de *Charlie Hebdo* mais au-delà, celle d'un fragment d'Histoire, de notre histoire, d'une ombre sur la liberté et la raison humaine qui n'aura cessé de grandir ; d'une certitude aussi. Il y aura éternellement des dessinateurs ou des femmes cheveux au vent pour défier les totalitarismes.

CHRONOLOGIE DES ÉVÉNEMENTS 2004 – 2022

2 novembre 2004 : Assassinat de Theo van Gogh.

17 septembre 2005 : Interview du journaliste et auteur Kåre Bluitgen dans le quotidien de gauche danois *Politiken* titrée « Peur profonde de la critique de l'islam », dans laquelle il raconte n'avoir pu trouver aucun dessinateur acceptant d'illustrer un ouvrage purement pédagogique sur la vie du prophète Mahomet et dénonce l'autocensure régnant au Danemark depuis l'assassinat de Theo van Gogh.

Septembre 2005 : En réaction, le journal *Jyllands-Posten* contacte le syndicat des caricaturistes danois sous la forme suivante :

« Si vous aviez à représenter le Prophète, que dessineriez-vous ? »

30 septembre 2005 : Le *Jyllands-Posten* publie douze caricatures reçues en réponse.

14 octobre 2005 : Manifestation de trois mille personnes au Danemark contre ces publications.

17 octobre 2005 (mois du ramadan) : Le journal égyptien *Al-Fagr* publie six des caricatures du *Jyllands-Posten*. Aucune réaction des autorités religieuses ni gouvernementales.

Décembre 2005 : Des imams danois rajoutent trois fausses caricatures qui n'ont jamais été publiées et les diffusent dans le monde arabe. L'un d'eux se repentira par la suite.

7 et 8 décembre 2005 : Inscription de la question des caricatures à l'ordre du jour du sommet de l'Organisation de la conférence islamique à La Mecque.

29 décembre 2005 : La Ligue arabe, réunie au Caire, dénonce la publication des caricatures par le *Jyllands-Posten.*

31 décembre 2005 : Alerte à la bombe au *Jyllands-Posten*.

18 janvier 2006 : Condamnation des caricatures par l'Organisation de la conférence islamique comme étant blasphématoires.

26 janvier 2006 : Rappel des ambassadeurs saoudiens, koweïtiens et iraniens en poste à Copenhague.
La Ligue arabe et l'Organisation de la conférence islamique annoncent qu'elles s'apprêtent à saisir l'ONU d'une demande d'adoption d'une résolution interdisant les atteintes aux religions.

1er février 2006 : Publication des caricatures dans le journal *France-Soir*, suivie du licenciement de son directeur de la publication.

Manifestations importantes dans de nombreux pays musulmans.

5 février 2006 : Assassinat d'Andrea Santoro, prêtre italien en Turquie, en riposte à la publication des caricatures. Attaques d'ambassades occidentales en Iran, en Syrie et au Liban.

7 février 2006 : Référé d'heure à heure en vue d'interdire la publication des caricatures par *Charlie Hebdo*. Débouté.

8 février 2006 : Publication des caricatures dans *Charlie Hebdo*.

18 juillet 2006 : Citation directe de *Charlie Hebdo* à l'initiative de la Société des Habous (Grande Mosquée de Paris).

3 août 2006 : Citation directe de *Charlie Hebdo* par l'Union des organisations islamiques de France (UOIF).

22 septembre 2006 : Intervention volontaire de la Ligue islamique mondiale s'associant aux poursuites.

7 et 8 février 2007 : Procès des caricatures devant la 17e chambre du TGI de Paris.

22 mars 2007 : Le tribunal relaxe *Charlie Hebdo*.

23 janvier 2008 : Relaxe confirmée par la 11e chambre de la cour d'appel de Paris.

12 novembre 2008 : La Cour de cassation rejette le pourvoi de la Ligue islamique mondiale.

2 novembre 2011 : Incendie criminel des locaux de *Charlie Hebdo*.

7 janvier 2015 : Attentat contre *Charlie Hebdo*. Douze morts, quatre blessés graves.

2 septembre 2020 : Ouverture du procès des attentats de *Charlie Hebdo* et de l'Hyper

Cacher devant la cour d'assises spéciale de Paris.

16 décembre 2020 : Prononcé du verdict. Les quatorze personnes poursuivies, dont trois absents, sont condamnées à des peines allant de quatre ans de prison à trente ans de réclusion criminelle. Deux font appel.

12 septembre 2022 : Ouverture du procès en appel dans la salle Voltaire de la cour d'assises de Paris.

20 octobre 2022 : Condamnation confirmée pour les deux appelants. L'un voit sa peine augmentée à la réclusion criminelle à perpétuité, l'autre diminuée de vingt à treize ans. Le principal condamné s'est pourvu en cassation.

BIBLIOGRAPHIE

Parmi les auteurs évoqués au cours de ma plaidoirie, je tiens tout particulièrement à rendre hommage à Madame Jacqueline Chabbi dont les travaux sur les origines de l'islam sont incontournables, passionnants et source inépuisable de connaissance. Ses ouvrages m'ont guidé.

ADONIS, *Violence et Islam*, Le Seuil, 2017.

CHABBI Jacqueline, *Les Trois Piliers de l'islam*, Le Seuil, 2016.

— *Le Seigneur des tribus*, CNRS Éditions, 2020.

CHABBI Jacqueline et RÖMER Thomas, *Dieu de la Bible, Dieu du Coran*, Le Seuil, 2020.

Collectif, « Agression contre Salman Rushdie : "Nous refusons qu'en notre nom soit commis le crime" », *Le Monde*, 16 août 2022.

Kepel Gilles, « Avec l'attaque contre Salman Rushdie, le djihadisme chiite a-t-il dépassé les logiques d'État de ses concepteurs iraniens ? », *Le Monde*, 14 août 2022.

Laacher Smaïn, *La France et ses démons identitaires*, Hermann, 2021.

Mann Thomas, *Avertissement à l'Europe*, Gallimard, 1936.

Meddeb Abdelwahab, *La Maladie de l'islam*, Le Seuil, 2005.

— *Contre-prêches*, Le Seuil, 2006.

— *Sortir de la malédiction. L'Islam entre civilisation et barbarie*, Le Seuil, 2008.

Ouardi Hela, *Les Derniers Jours de Muhammad*, Albin Michel, 2016.

Redissi Hamadi, *La Tragédie de l'islam moderne*, Le Seuil, 2011.

Rougier Bernard (sous la direction de), *Les Territoires conquis de l'islamisme*, PUF, 2021.

Rushdie Salman in Sara Daniel, « Salman Rushdie sur l'islamisme : "Il faut arrêter cet aveuglement stupide" », *L'Obs*, 7 juin 2017.

SOULEIMANE Omar Youssef, *Le Petit Terroriste*, Flammarion, 2018.
VOLTAIRE, *Traité sur la tolérance*, Flammarion, 2017.
— *Correspondance*, tome VIII, Gallimard, 1983.

Pour le Coran, on se réfère à la traduction de Denise Masson, Folio classique, 1980.

Cet ouvrage a été achevé d'imprimer par
Normandie Roto s.a.s à Lonrai
pour le compte des éditions Grasset
en décembre 2022.

Mise en pages
PCA 44400 Rezé

PAPIER À BASE DE FIBRES CERTIFIÉES

Grasset s'engage pour l'environnement en réduisant l'empreinte carbone de ses livres. Celle de cet exemplaire est de :
200 g éq. CO_2
Rendez-vous sur www.grasset-durable.fr

N° d'édition : 22701 – N° d'impression : 2205266
Dépôt légal : janvier 2023
Imprimé en France